MANDRIN RÉHABILITÉ

PARIS

IMPRIMERIE DE L. TINTERLIN ET C

RUE NEUVE-DES-BONS-ENFANTS, 3.

MANDRIN

RÉHABILITÉ

PARIS

E. DENTU, LIBRAIRE-ÉDITEUR

PALAIS-ROYAL, 13, GALERIE D'ORLÉANS

1860

MANDRIN RÉHABILITÉ

Victime d'un siècle de ténèbres, cet homme, qui fut condamné comme voleur, serait regardé aujourd'hui, grâce au progrès des lumières, comme un héros et un martyr; et pour être placé au rang des grands hommes, il ne lui a manqué qu'un succès définitif.

Mandrin était un socialiste, au-dessus de tous ces préjugés que la religion et la conscience mettent au cœur de l'homme pour entraver ses passions; et si le communisme n'a pas encore tenu ce qu'il a promis à l'humanité, c'est bien plus la faute des hommes que celle des sages principes de la communauté.

L'acte que jadis on qualifiait de vol est reconnu maintenant, par l'Europe éclairée, comme la conséquence d'un droit; pourvu seulement que l'on travaille en grand, et que surtout l'on réussisse.

Le succès est la morale du jour.

Ce que, dans ces temps de ténèbres, on qualifiait de crime, aux yeux de la religion, de la morale, de la sagesse et de la raison d'alors, est reconnu aujourd'hui comme un droit.

Ce droit est celui du plus fort. Tant pis pour le plus faible.

En un mot, l'époque actuelle s'est chargée de régénérer le monde.

Pillage, désordre, spoliations, meurtres et incendies, autant d'épreuves par où il faut passer pour arriver au bonheur ; mais aussi ce bonheur promis par nos maîtres vaut bien la peine qu'on l'achète par quelques sacrifices; et puis, ne faut-il pas que ces maîtres commencent par s'enrichir, afin de répandre partout la prospérité ?

Ce qu'on appelait ambition, n'est en réalité que l'amour bien entendu de ses semblables.

Honte aux aveugles qui ne savent pas le comprendre !

Enfin que d'illusions dissipées, grâce à la philosophie moderne et aux grands hommes qui la mettent en action.

Honte encore à ceux qui les méconnaissent et les calomnient !

On pendait jadis celui qui dérobait une bourse dans la poche de son voisin. Véritable abus de la force. Le faible usait de son droit ; et s'il eût été le plus fort, il eût eu raison.

L'intérêt de la société n'est-il pas que chacun vive ?

Malheur à qui succombe dans la lutte ! Honneur à celui qui, pour s'emparer des États qui lui conviennent, fait la guerre sans même l'avoir déclarée, afin de mieux assurer le bonheur des nouveaux sujets qu'il convoite !

Le désordre qui s'ensuit n'est évidemment que passager.

Ce que jadis on eût injustement qualifié de l'abus de la force, on le reconnaît aujourd'hui comme un droit; et vive la liberté proclamée à coups de canon !

C'est dans l'intérêt des peuples qu'on agit ; et si on les consulte, c'est pour la forme ; bien décidé à assurer leur bonheur malgré eux en leur imposant le gouvernement qui doit l'assurer ; et si par hasard leur aveuglement était tel, qu'ils se refusassent à ouvrir les yeux à la lumière, accusez leur ingratitude.

Tels sont les progrès de la civilisation moderne.

La propriété n'est plus qu'un mot, la légitimité un rêve ; et si ce catéchisme de principes nouveaux causait par hasard quelque désordre, il faudrait lui laisser le temps, en se mettant à l'œuvre, de prouver au monde que ces principes sont la vérité.

Si, en un mot, le triomphe du communisme n'est pas encore assuré, c'est que la société n'est en ce moment ni assez éclairée, ni assez avancée pour le comprendre ; mais surtout qu'un premier échec ne décourage pas ses adeptes !

La légitimité n'est en réalité que le droit du plus fort ; vérité *incontestable* qui peut bouleverser le mondé, sans cesser d'être la vérité.

Laissons au temps et à l'expérience le soin de le démontrer.

Mandrin ne tuait qu'à son corps défendant ; aujourd'hui, plus éclairé, on tue et on massacre dans l'intérêt de l'humanité ; on fusille les fidèles assez aveugles pour se persuader qu'ils remplissent un devoir en bravant la mort pour ne pas trahir un serment.

Tels sont les heureux fruits des idées nouvelles !

Jadis le mépris des principes sociaux du temps passé eût armé tous les souverains contre celui de leurs semblables qui les eût violés.

Plus sages aujourd'hui, on assiste, l'arme au bras, à cette prétendue spoliation ; et seule, la France chevaleresque envoie ses troupes en Chine, en Cochinchine, en Orient et à Rome, pour soutenir et défendre ce qu'à tort, sans doute, elle regarde comme un droit.

La France enfin n'a pas dit son dernier mot. Attendons et espérons, nos regards tournés vers le ciel.

Le vote, qu'il soit libre ou imposé par la terreur, remplace aujourd'hui ce qu'on appelait le droit.

Si les peuples se révoltent et s'insurgent contre le gouvernement que jadis ils se sont donné, c'est évidemment le plus sacré des devoirs qu'ils remplissent. Qui oserait le nier? La révolte qui jadis était un crime, est devenue un droit; et ne restât-il que des cendres au sein de l'univers incendié, que la vérité n'en serait pas moins démontrée.

Mandrin, en déclarant la guerre à la société, croyait user de ce droit du plus fort, reconnu maintenant en principe. Son plus grand tort est d'être né un siècle trop tôt.

Lui aussi prenait des villes; et il ne fallut pas moins d'une armée pour le réduire.

Mandrin avait des égards pour les faibles ; puérilité dont on rougirait aujourd'hui.

On ne déclare plus la guerre ; on s'empare de ce qui est à sa convenance.

Et vivent les idées nouvelles ! L'Europe elle-même n'y applaudit-elle pas par son mutisme ?

C'est la vraie philosophie remplaçant les idées mesquines et étroites des siècles passés ; pure invention de l'homme pour dominer ses semblables.

Jadis on se croyait obligé de modérer ses passions, tandis qu'aujourd'hui, grâce au progrès des lumières, on leur laisse un libre cours. Vive la liberté !

Le siècle présent en sait plus que tous les siècles passés. Attendons l'épreuve pour en mieux juger.

La religion était un joug imposé par l'ignorance à la crédulité. Les sages de ce siècle d'or l'ont déclaré du haut de leur tribune ?

Le temps marche ; et grâce à ces nouveaux et

intelligents adeptes de la vraie philosophie, on foule aux pieds sans scrupule ni remords, tous ces principes surannés ; œuvre d'un siècle de préjugés et d'erreurs.

On enchaîne les peuples, afin de les rendre plus libres. On les décime, afin d'assurer leur bonheur. On les ruine, mais on s'enrichit.

Et voilà les vrais amis du peuple ! Vous qui semblez sourire de pitié à ces quelques lignes, vous n'êtes que des retardataires en perruques !

Jadis on étudiait le passé pour préparer l'avenir. Aujourd'hui, plus sage, on ne songe qu'au présent ; guidé chacun par son intérêt personnel.

La gloire du passé, dangereuse illusion ; et vive le siècle des lumières !

Des ignorants et des aveugles, des esprits crédules enfin, ont imaginé que le catholicisme traverserait les siècles, toujours éprouvé, mais sortant chaque fois vainqueur de la lutte que l'enfer lui suscite sur la terre.

On se rit maintenant, de ces préoccupations

puériles, et l'on crie : vive la morale de la protestante Angleterre, qui laisse à chacun le soin et le droit de se créer une croyance ; c'est-à-dire en résumé, le droit de n'en avoir aucune, ce qui, en effet, est infiniment plus commode !

Vive ce pays de liberté, qui opprime l'Irlande pour son plus grand bien, et qui massacre les Indiens pour les civiliser ! Vive ce pays éclairé, qui a secoué ce joug insupportable qui empêchait de répudier la femme qu'on n'aime plus, pour épouser celle qui nous plaît !

La femme soi-disant légitime ne vous convient plus : on lui met la corde au col, et on la vend au plus offrant ! N'est-ce pas là le bonheur suprême ?

L'intérêt personnel et la force, telles sont les bases de la nouvelle religion qui doit procurer au monde le repos et le bonheur.

Insensé qui en douterait !

En résumé, le présent seul nous appartient ; l'avenir est incertain ; et la sagesse repousse tous ces vains scrupules qui nuisent à nos intérêts matériels.

Comme on le voit, Mandrin fut évidemment la victime d'un siècle de ténèbres et de barbarie.

Pourquoi n'ouvrirait-on pas une souscription, pour lui élever un monument qui lègue aux siècles à venir une leçon utile ?

Oui, frères et amis, immolons sur l'autel de la patrie tous ces principes qui ont fait leur temps ; tous ces préjugés que repousse la saine raison !

Pères de famille, ne gênez plus vos enfants par une éducation morale et religieuse ; et si les conséquences d'un tel système vous effraient, c'est que vous manquez d'énergie et de bon sens.

Soyons unitaires et socialistes ; et que du moins l'incendie que nous pourrons bien allumer, pour le plus grand bien de l'humanité, éclaire tous les esprits !

Mandrin (1), brave jusqu'à la mort, a fini misérablement. C'est un innocent de plus qu'ont moissonné l'ignorance et l'injustice.

Croirait-on qu'il existe des esprits assez retardataires pour appeler juste, l'arrêt qui a condamné ce pauvre Mandrin !

Puisse le sort du maître ne pas devenir celui de ses dignes élèves ; puissent les générations présentes et futures leur rendre à tous la justice qu'ils méritent !

Espérons enfin, que grâce à ces doctes réfor-

(1) Fameux chef de contrebandiers du dernier siècle, né en 1715, à Saint-Étienne-de-Gloire, en Dauphiné, d'un maréchal-ferrant. Il fut d'abord soldat, puis après avoir déserté, il se fit faux-monnayeur. La contrebande lui ayant semblé devoir être d'un meilleur produit, il s'y jeta, n'ayant d'abord que deux compagnons, et eut bientôt groupé autour de lui une bande considérable. Avec ces forces, il osa tout, ravagea les campagnes, mit en déroute les escouades d'employés aux fermes et même les détachements de troupes réglées qu'on envoya contre lui. Il vint même, en plein jour, attaquer des villes importantes, telles que Beaune et Autun, y pénétra, mit à pillage les bureaux des receveurs des fermes, et se retira sans être inquiété. Il fallut presque une armée pour le réduire. Après un combat où il se battit bravement, sa bande fut dispersée ; mais on fut près d'un an avant de le prendre lui-même. Enfin, trahi par une femme qu'il aimait, on le saisit au château de Rochefort, en Savoie, d'où il fut mené à Valence.

La Cour criminelle le condamna au supplice de la roue, le 24 mai 1755. Il fut exécuté le surlendemain.

(Extrait de l'Encyclopédie du XIXe Siècle.)

mateurs, les peuples jouiront d'un bonheur in-
connu jusqu'alors, et d'une liberté qu'à la vérité
ils attendront peut-être encore longtemps !

Comment tout cela finira-t-il? C'est ce que
l'avenir nous apprendra. « Tout vient à point à
qui sait attendre. »

Il faudrait que j'eusse été bien maladroit, si je
n'avais pas porté dans tous les esprits la convic-
tion qui, comme on le comprendra, doit se trouver
dans le mien.

« Honni soit qui mal y pense ! »

LA ROCHEFOUCAULD,

DUC DE DOUDEAUVILLE.

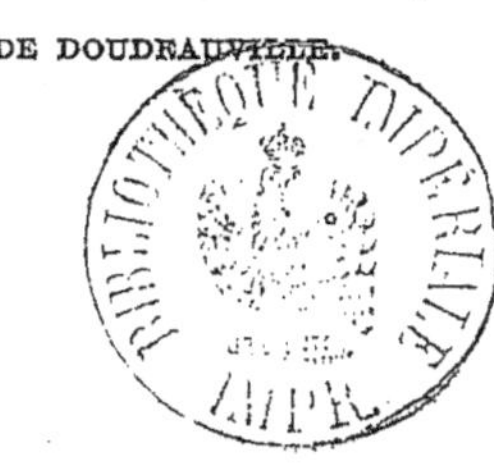

FIN.